Huellas en la nieve

por Cynthia Benjamin
Ilustrado por Jacqueline Rogers

¡Hola, lector! — Nivel 1

SCHOLASTIC INC.

New York Toronto London Auckland Sydney
Mexico City New Delhi Hong Kong Buenos Aires

En invierno nieva.

El viento sopla.

Alguien salta

a su casa.

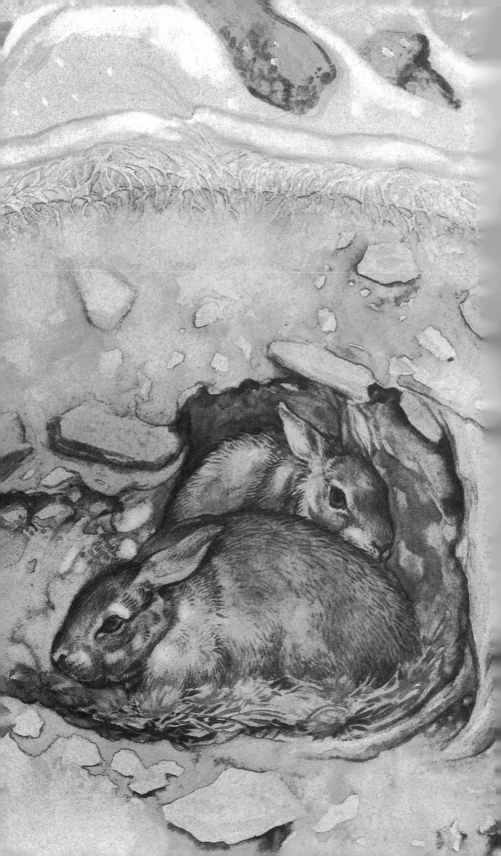

Alguien corre

a su casa.

Alguien da fuertes pisadas

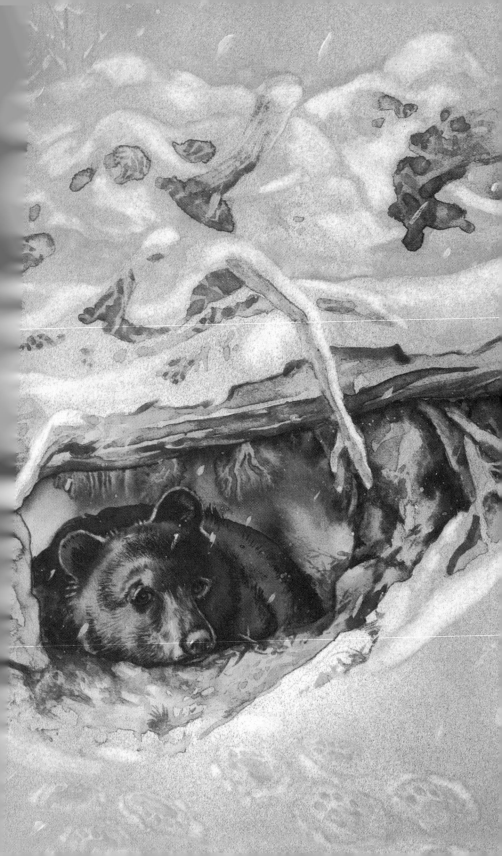

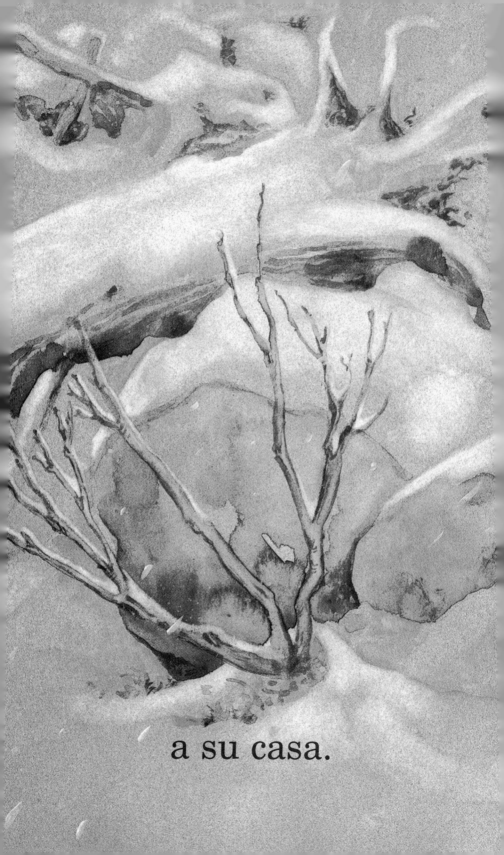

a su casa.

Alguien nada

a su casa.

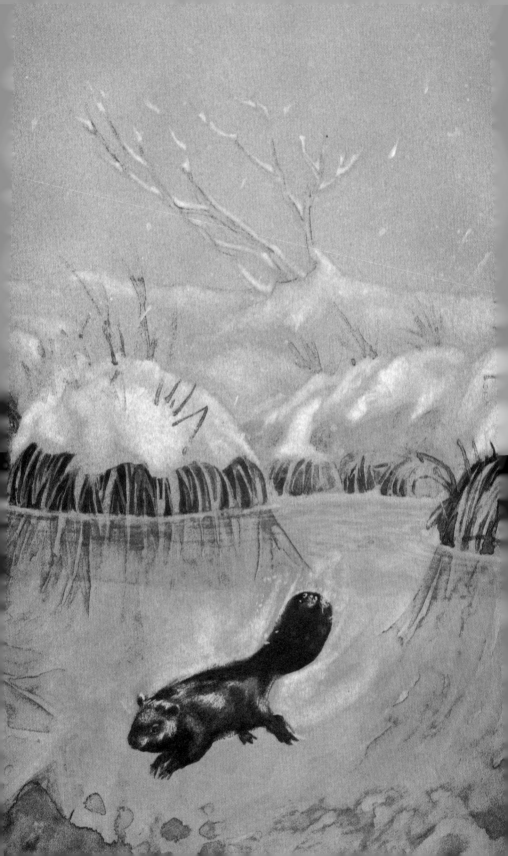

Alguien corre

a su casa.

Alguien vuela

a su casa.

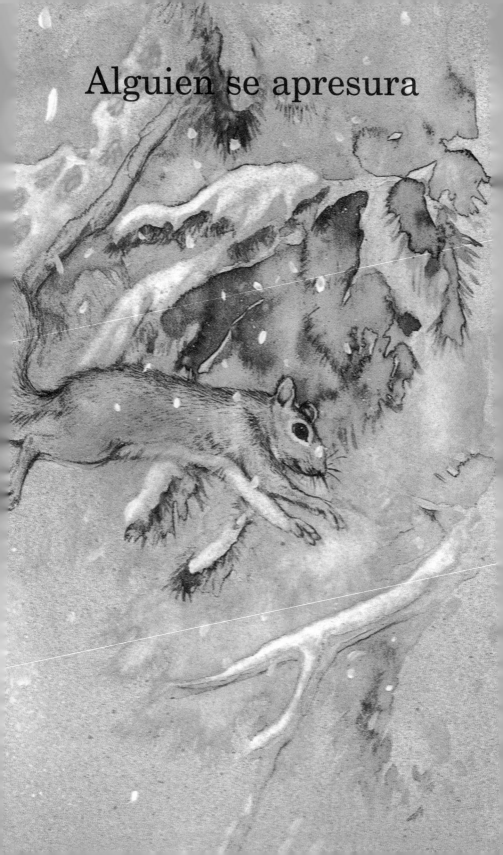

Alguien se apresura

a su casa.

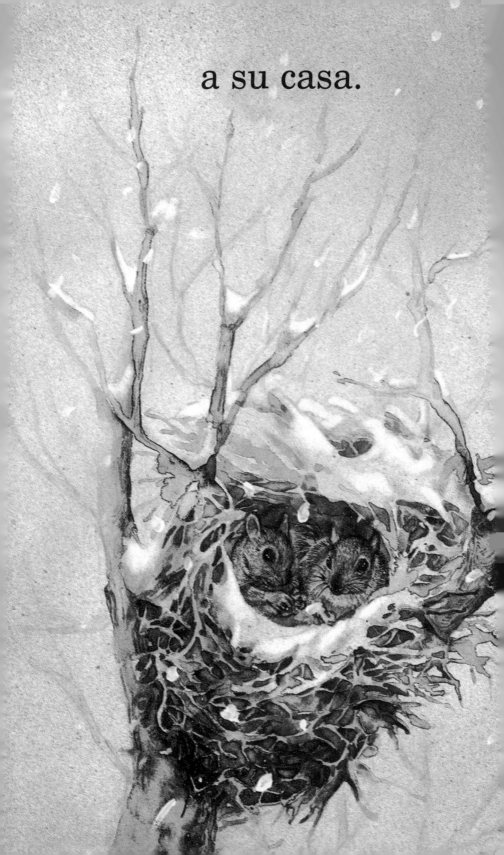

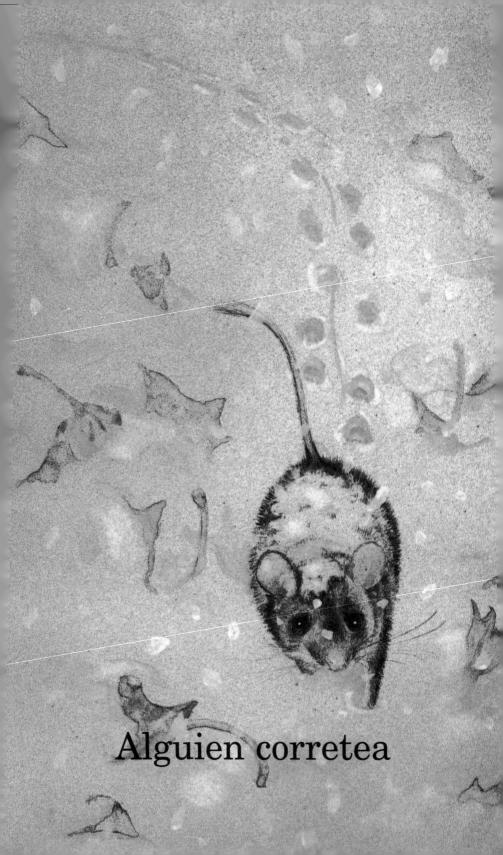

Alguien corretea

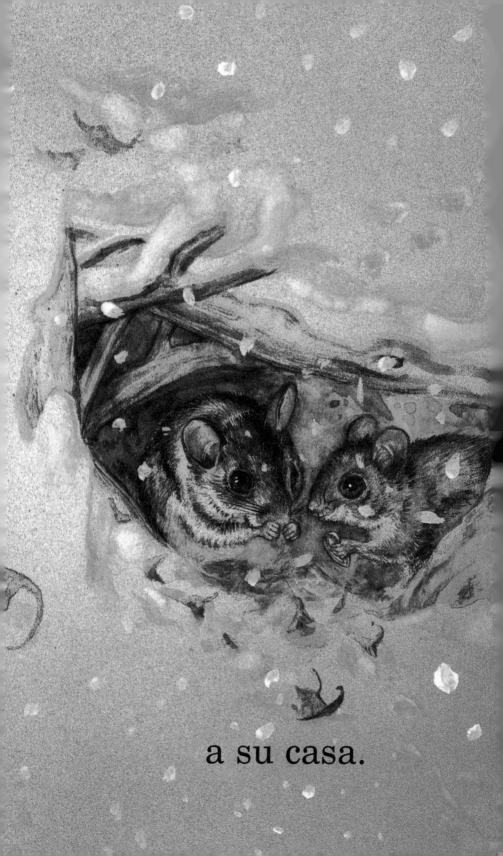

a su casa.

Alguien camina

a su casa.

En invierno nieva.
El viento sopla.